Devon Honey

David.
Verzeih mir. Ich mußte es schreiben. Für
die Anderen auf unserem Weg.
Hab' keine Angst, Orte und Namen sind
geändert, niemand wird dich finden.
In Liebe
Rebecca

REBECCA WINTERFELDT

Devon Honey

Bibliografische Information der Deutschen Nationalbibliothek
Die Deutsche Nationalbibliothek verzeichnet diese Publikation in der Deutschen Nationalbibliografie; detaillierte bibliografische Daten sind im Internet über http://dnb.dnb.de abrufbar.

© 2016 Rebecca Winterfeldt
Satz, Coverdesign, Herstellung und Verlag:
BoD – Books on Demand
ISBN 978-3-7412-6490-0

Nebeltropfen in den dunklen Locken betrat David das Haus. Die Dielen knarrten unter seinen schiefgetretenen, brüchigen Lederstiefeln. Der Hund schüttelte sich und lief durch die schmale Küche in das Wohnzimmer. David ging auf den Küchentisch zu, zögerte kurz und folgte dem Hund in das hintere Zimmer. Sarah sah nicht auf.

»Guten Morgen«, sagte die Deutsche, als sie die Küche betrat. »Toast ist gleich fertig«, antwortete Sarah. »Danke.« Die Deutsche setzte sich neben David, schenkte sich etwas Kaffee aus der Espressokanne in die angeschlagene Tasse mit den blauen Punkten. »Möchten Sie auch?«, fragte sie David. Er sah sie an.

»David trinkt nur Zichorien-Kaffee.«

David sah nieder auf seine Schüssel, gefüllt mit dampfendem Porridge. Bedächtig nahm er den Honiglöffel aus dem Glas und ließ den goldgelben Honig über den Porridge fließen. Er macht Wellen, dachte die Deutsche und rückte etwas näher, um das Ergebnis zu betrachten. Es duftete nach Mandeln. Neben ihr wurde ein Teller auf den Tisch geschoben. »Der Toast.« Sarah blickte auf sie herab.

Die blassroten Strähnen fielen in die hageren Wangen. »Danke.« Sie aßen schweigend.

Die deutsche Frau schaute auf die Porridge-Schüssel, in der sich die Honigwellen langsam im Brei auflösten. »Sie mögen Porridge?«, fragte sie in die Stille.

»David isst Porridge, weil er schottischer Abstammung ist.« Der Toast war hart.

»Was machst du da?«, fragte Sarah und sah auf das Blatt, das neben Davids Schüssel lag. Die Seite war voll beschrieben, wie ein Brief, mit festen Worten, königsblaue Tinte, sehr ordentlich, mit seltsam geschwungenen Buchstaben, Reihe auf Reihe.

Und auf der linken Hälfte, über die Worte gemalt – eine halbe Sonne. Wie eine Blume anzusehen, ein Halbkreis mit Strahlen aus spitz zulaufenden Blütenblättern.

Wunderschön, dachte die Deutsche. Sarah nahm das Blatt in die Hand und las den Text. Dann sah sie mit ernster Miene auf ihren Mann herab.

Sie standen im Garten, der hinter dem Haus in der Sonne lag. Seine Mauern schienen die Wärme aufzusaugen. Der Duft blühender Blumen über dem Gras mischte sich mit dem Summen der Bienen. Im Gemüsebeet leuchteten die gelben Kürbisblüten, zartgrüne Blätter und Ranken wuchsen dem Licht entgegen. Die ersten Früchte, winzig noch, waren bereits angelegt. Ein altersschwacher Holzzaun konnte sie noch hindern, in den Nachbargarten zu wuchern.

Hinter den Obstbäumen der anderen Gärten war die mittelalterliche Kirche. Hier und da schien das Kupferrot ihrer Sandsteine durch die Blätter.

»Tee?« Die Deutsche schrak zusammen. Sarah sah sie an und so wusste sie, dass sie gemeint war. »Nein, danke. Ich möchte in die Kirche, dort werden jetzt Lieder gesungen.« Sie dachte an das Transparent »everyone invited«. Und musste lächeln. Lächelnd wandte sie sich Blair zu. Er stand neben seinem Vater im Schatten auf der Terrasse. Ohne ihn zu meinen, fragte sie: »Möchtest du mitkommen? Singst du gerne?« »Nein danke.« Der Junge winkte schüchtern ab.

»Ich mag die Kirche von England nicht.« Der 17-Jährige hatte die schrägen Augen und schmalen Lippen seiner Mutter. David sah ihr in die Augen. Er sagte aber nichts.

»Dann gehe ich jetzt!«, rief die Deutsche fröhlich, eigentlich, denn es war anders als sonst. Die Brise frischer, der Blumenduft intensiver und der Mohn fast schmerzhaft hellrot.

Sie nahm ihr kleines Mädchen bei der klebrigen Hand und lief davon. »Zur Kirche, schnell, wir singen da Lieder, gleich fängt es an!«, rief sie dem Kind zu, stolperte hastig über den zugewucherten Pfad durch die üppigen Sommergärten hin zur Kirche. Sie rannte. Doch es war zu spät.

Die Kirchenglocken begannen zu läuten, der Pfarrer im schwarzen Talar stand lächelnd vor der geöffneten schweren Eichentür. Zwei ältliche Frauen, pastell gekleidet, standen im Eingang. »Na, möchtest du ein Gesangbuch?« Das Mädchen streckte seine klebrigen Finger aus und griff zu.

Die Kühle der Kirche umarmte sie. Wie so viele, die vor ihr waren, in den hunderten Sommern zuvor.

Vorne war noch eine Bank frei. Die zweite Bank direkt vor dem Altar. Die Deutsche freute sich – sie hatten einen freien Blick auf den hellen, luftigen Kirchenraum, auf die alten Glasfenster, die zum Teil zersprungen waren, weil sie dem Druck der Eiseneinfassungen nicht mehr standhielten, die in Jahrhunderten gerostet waren und sich ausgedehnt hatten. Nur im Ostfenster über dem Altar leuchteten bunte Mosaike. Szenen aus der Bibel und kniende Ritter, die mit gebeugten Köpfen demütig auf den Segen warteten. Rot glühte das Kreuz auf ihren Umhängen. Der weißhaarige Priester stand ruhig vor dem grauen Altar. Drei Atemzüge lang schmeckte sie die steinerne Luft und freute sich auf die Leichtigkeit, die die Lieder ihr schenken würden.

Der Organist setzte sich zurecht. Sein Hocker knarrte. Der Priester drehte sich vom Altar zur Gemeinde. Stille.

In diesem Moment wurde die schwere Kirchentür aufgerissen. Ein Mann stand im Eingang, griff nach einem Gesangbuch und ging entschlossen auf die zweite Kirchenbank zu. Er stellte sich neben die Deutsche. Überrascht sah sie zu ihm auf.

Der Pfarrer sah zu ihm herüber mit einem erstaunten Blick, der in einer Woge von Mollakkorden unterging.

»Ich begrüße Sie zu diesem Gedenkgottesdienst zu Ehren unserer Gefallenen. Gestorben im Ersten Weltkrieg, im Kampf gegen Deutschland.« Die Orgel wütete, ihre Knie gaben nach, irritiert schaute das Kind zur Mutter.

Sie fragte ihn: »Soll ich gehen?« David schaute auf sie herab: »No it's allright, Rebecca.«

Endlose Lieder in Moll, Rebecca hoffte, dass das Kind jetzt nichts sagte oder weine, sie hatte ihm kurz etwas vom großen Krieg ins Ohr geflüstert, von dem es nichts wusste, dass es ruhig sein sollte, und hielt die klebrige, kleine Hand. Die Namen der Gefallenen aus dem Dorf wurden verlesen. Hundert Jahre her, doch das Leid lebte, weitergegeben durch Generationen. Wieder ein Lied. David zeigte mit dem Finger auf ein Wort im Gesangbuch und lächelte. »German« stand da. Offensichtlich hatte ein Deutscher die Melodie oder den Text geschrieben.

Rebecca sah auf in seine grünen Augen. Nie hatte sie sich so sicher und beschützt gefühlt wie hier. Mitten in einem Gedenkgottesdienst für die englischen Opfer des ersten deutschen Krieges.

Am Ausgang sprach David einige Worte mit dem Pfarrer. Rebecca nickte, das Kind folgte.

Als sie zurück in den Garten kamen, trat Sarah aus dem Haus. Sie musste im Eingang zur Terrasse gewartet haben.

»We had quite a situation ...«, begann David und erzählte. Rebecca bedankte sich bei ihm für seine Begleitung und fühlte das ehrlich.

Sarah presste die Lippen zusammen, so dass sie kaum mehr zu sehen waren, ein malvenfarbener feiner Strich, umgeben von Falten – das Alter – oder Sorgen? Ihre Kiefermuskeln traten hervor und betonten das markante Kinn. Sie war etwas größer als David, muskulös und fest. *Sie ist der bessere Mann,* dachte Rebecca, ohne zu wissen, was sie damit meinte. David redete weiter, über ein Buch eines Autors namens Steiner, das angeblich belegen sollte, dass Deutschland am ersten Krieg nicht schuld war, jedenfalls nicht allein, er werde es ihr borgen. Er redete weiter und Rebecca versuchte zu verstehen, was er sagte. In seine Worte mischte sich der Geruch einer blühenden Ligusterhecke. Der strenge Duft machte es ihr schwer, sich zu konzentrieren.

  Sarah sagte nichts.

Die Woche begann. Rebecca und ihr Mädchen gingen in die Stadt zum Englischkurs, brachen morgens auf und kamen erst gegen Abend zurück. Frühstück. Harter Toast, lauwarmer Espresso.

Porridge für David. Sie sah in die Schüssel – keine Wellen. »Möchten Sie kosten?«, fragte er, denn er hatte ihren Blick bemerkt. »Ja«, sagte sie. Auf einem eigenen kleinen Teller gab er ihr ein paar Löffel. Der Brei schmeckte süß und klebrig. »Macht das satt?«, fragte sie lächelnd. »It makes me feel like going straight back to bed«, sagte er und seine Augen hielten sie fest.

Harte Schritte. Sarah. Sie hatte eine Landkarte unter dem Arm. »David, kannst du das Stroh für die Kaninchen abholen? Auf der Farm von Chestwick.« Ihr sehniger Finger deutete auf einen Ort auf der Karte. David schaute ausdruckslos zu dem angezeigten Punkt. Alle Kraft schien aus ihm zu weichen. »David«, begann Sarah erneut, »die Kaninchen brauchen ...« »Es tut mir leid, ich bin müde«, sagte er leise und senkte den Kopf.

Abendbrot. Sarah schob die Teller auf den Holztisch. Bohnen mit Reis, dazu einen Krug Leitungswasser. Der Tisch war umgeben von ihren Ölgemälden, der Geruch von Farbe und Firnis mischte sich mit dem der Speisen. Schwere, große Leinwände, immer dasselbe Motiv: Der Fluss. Der Fluss, der durch das Örtchen schnitt, der 20 Meilen entfernt im Meer mündete. Dieser eigenartige Fluss, der Gezeiten hatte, und darum manchmal nicht mehr als ein Rinnsal war. Sarah hatte ihn in gelb, violett, senfgrün gemalt, aber niemals in seiner natürlichen Farbe.

Am Ufer lagen umgefallene Bäume, abgestorben, ohne Blätter, die Wurzeln statt der Kronen nach oben gereckt.

Mühsam versuchte Rebecca, die Bilder, oder wenigstens eines, zu mögen.

Sie erinnerte sich an die dicke Direktorin der Englisch-Schule. Aufgeregt und schwitzend hatte sie sie begrüßt. »Es ist so heiß in diesem Jahr, normalerweise haben wir kühlere Sommer hier in England.« Dann hatte sie ihr besticktes Taschentuch genommen, sich über die Stirn gewischt und mit vor Aufregung und Hitze gerötetem Gesicht verkündet:

»Wir haben eine Top-Familie für Sie und Ihre Tochter gefunden! Sarah Stewart ist eine der bekanntesten zeitgenössischen Malerinnen. Dies ist eine der besten Gastfamilien, die wir anbieten können. Sie haben großes Glück.«

Rebecca nahm noch einen Schluck Wasser, das Essen war trocken.

Am nächsten Tag kamen sie früher aus der Schule und machten einen Ausflug zu einem nahe gelegenen Landsitz. Sarah wollte dort ihren Manager treffen. David fuhr, Sarah neben ihm, Rebecca, das Mädchen, und der Hund auf der Rückbank. »Beeil dich, wir sind spät«, zischte Sarah. David presste die Lippen aufeinander und fuhr das zerbeulte Auto durch die engen Straßen. Stoppte und fuhr an die Seite, als ihm ein Traktor entgegenkam. »Ich habe doch gesagt, wir sind spät dran. Kannst du dich nicht *einmal* beeilen?« Das war das Letzte, was auf dieser Fahrt gesprochen wurde.

Erleichtert stieg Rebecca aus, lief mit dem Mädchen und dem Hund durch die Gärten über den verfallenen Friedhof und an der kleinen Kapelle vorbei. Von fern rief David nach dem Hund und er folgte, umkreiste David bellend, bis dieser einen Befehl gab. Der Hund rannte auf ihn zu. Aufmerksam blieb er etwa einen Schritt entfernt schräg hinter seinem Herren im Gras sitzen. Das Gespräch war offenbar zu Ende. Sarah gab ihrem Manager die Hand und sagte ein paar Worte. David, der schräg hinter Sarah gewartet hatte, trat einen Schritt nach vorne und streckte dem Manager die Hand entgegen. Der ergriff die Hand, zog ihn zu sich heran und klopfte ihm lächelnd auf die Schulter. David lächelte scheu zurück.

Nach dem Gespräch gingen sie zum Fluss. Sarah zog hinter einem alten Eichenbaum ihren schwarzen Badeanzug an und glitt stumm ins glasklare, kalte Wasser. Rebecca und das Mädchen suchten sich ebenfalls einen Baum, zogen die Bikinis an und sprangen lachend und schreiend in den glitzernden Fluss. David saß abgewandt auf der Wiese. Die Sonnenstrahlen bahnten sich unaufhaltsam den Weg durch die schweren Eichenblätter. Die Wiese schien unter ihrer Kraft zu glühen. Wie schön es hier war, sein könnte, werden wird.

David begann zu beten. Ein Tischgebet. Sehr leise. »Oh no!«, seufzte Blair und verdrehte die Augen. Rebecca und das Mädchen falteten die Hände. Sie begannen zu essen. Niemand sagte ein Wort.

Rebecca dachte nach, fand aber nur ein banales »Woran arbeiten Sie gerade?« für David. Der nahm es dankbar auf. »Ich schreibe einen Roman«, sagte er.

»Und wann ist er fertig, David?«, fragte Blair mit zusammengekniffenen Augen.

»Nächstes ... nächstes Jahr.« Blair zischte: »Das sagst Du seit Ewigkeiten.« David hielt den Kopf gesenkt. Seine dunklen Wimpern warfen lange Schatten.

Sie waren fast fertig, als Blair und sein älterer Bruder begannen, über eine Nachricht aus der Zeitung zu streiten. Ein Kugelblitz sei durch ein Flugzeug gestoßen, ohne einen besonderen Schaden zu verursachen. Sie zankten sich, ob das möglich sei, als David einwarf, sein Freund Paul könne das sicher beantworten, er kenne sich mit Wetterphänomenen aus. »Deine Freunde sind Säufer und Idioten«, zischte Blair und sah seinem Vater in die Augen. Der blickte auf den Reis und sank in sich zusammen. Ein Bein ausgestreckt, die Gabel noch im Essen, saß David teilnahmslos am Tisch; *wie eine Marionette*, dachte Rebecca. Angestrengt versuchte sie zu wirken, als hätte sie die Beleidigung nicht verstanden. Der Hausherr am Kopfende der Tafel war versteinert. Alle aßen stillschweigend, um Blairs Lippen zuckte ein Lächeln – oder bildetet sie sich das nur ein? Rebecca zwang das Essen herunter. Das alte Gefühl war wieder da. Es fühlte sich an wie damals, bevor sie ihren Mann verlassen hatte. Als die Apokalyptischen Reiter bei ihnen zu Tisch saßen und der gefährlichste von ihnen, die Verachtung, das Wort führte. Die harten Speisen, die Hilflosigkeit, die Angst, alles erwachte und kam zu ihr zurück, durchflutete sie.

So will ich nie wieder essen. Morgen gehe ich mit dem Kind in den Pub, dachte die Deutsche.

Rebecca stellte ihre Teller in der Küche ab. David brachte die Schüssel, in der noch etwas Reis den Boden bedeckte. Sarah fixierte die Deutsche. »Ich fahre morgen mit den Kindern zu einer Ausstellung. Für drei Tage. David wird für euch kochen.« Rebecca nickte, schaute nicht auf. *Solange jetzt niemand in meine Augen sieht, ist alles gut. Sie darf es nicht sehen.* Davids Blick bohrte sich in die Reiskörner.

Sie fühlte Sarahs Blick.
»Vielleicht bleibe ich aber auch hier.«

Rebecca lag wach. Sie hörte ihre Tochter atmen, draußen die Blätter der Obstbäume leise flüstern. Das Haus war still.

Frühstück. Der Toast war hart und angebrannt. Die Tasse mit den blauen Punkten stand schon auf dem Tisch, für das Kind eine Tasse Milch.

»Wir hatten einen interessanten Abend gestern«, begann Sarah, und die Deutsche fragte sich, was Sarah wohl darunter verstand. »Es gab eine Prozession durch das Dorf, mit Laternen, zum Gedenken an unsere Gefallenen.« Rebecca bemühte sich um einen ruhigen Gesichtsausdruck.

Sarah stellte die Espressokanne energisch auf den Tisch und drehte sich um.

»David ist mit dem Hund draußen. Es kann sein, dass er vergisst, euch Frühstück zu machen, wenn ich weg bin. Dann nehmt ihr euch bitte selbst etwas.« Sie ging hinaus, ohne eine Antwort abzuwarten.

Das kleine Mädchen schaute Rebecca an. »Mama, mein Toast ist hart.« »Ja, ich weiß.« »Kann ich Mammelade?« Rebecca stand auf, öffnete die Schranktüren in der Küche. Reste von Schokoladentafeln, verschütteter Tee, festgeklebte Zuckerwürfel, ganz hinten, oben ein angebrochenes Glas Erdbeermarmelade.

Sie streckte sich und zog das Glas mit den

Fingerspitzen vorsichtig heran. Immer näher, als sie Schritte hörte.

Sie schaute sich um. Sarah. »Ich habe die Erdbeermarmelade gefunden«, stammelte sie, überrascht und verärgert über ihre Unsicherheit.

»Woman are always good to find things in other peoples houses.«

Rebecca fühlte, wie sie unter Sarahs hartem Blick zu frieren begann.

Sie nahm die Marmelade und sank auf ihren Stuhl, ohne noch etwas zu essen. Sarah fuhr sie mit dem Auto zur Schule. Unter einem Vorwand kauerte sich Rebecca neben das Mädchen auf den Rücksitz. Kurz sah sie Sarahs Augen im Rückspiegel. Metallisch grau. Sie ließ sich tiefer in den Sitz gleiten. Nicht wieder hinschauen. Sarah erzählte etwas von der Gegend, in die sie mit den Kindern fahren würde. Heute. Samstag sei sie zurück. Vielleicht möchte Rebecca schon am Freitag abreisen? Dann kämen Freunde. »Vielleicht«, sagte Rebecca. Und dachte: Niemals! Hastig stiegen sie an der Schule aus. Die frische Morgenluft. Sarah fuhr grußlos davon.

Am nächsten Morgen war alles still im Haus. Auf dem Küchentisch eine leere Schüssel. Spuren von Porridge und Honig. Die Sonne schien durch das Fenster, an den Stellen, die nicht von Staub bedeckt waren. Den schönen Tag draußen konnte man hier drinnen nur ahnen.

»Was möchtest du zum Frühstück, mein Schatz?«, fragte sie, obwohl sie die Antwort schon kannte. »Mammelade!«, jauchzte das Mädchen. »Und weichen Toast, bitte, Mama, kann er heute mal weich sein?« »Mal sehen ...«, lachte Rebecca, strich ihre langen Haare nach hinten und nahm die Marmelade aus dem Schrank. Sie regelte den Toaster etwas herunter, stellte die salzige Butter auf den Tisch, machte Espresso und warme Milch, fand ihre Tasse mit den blauen Punkten auf dem Geschirrstapel von gestern, wusch sie ab und stellte Essen und Geschirr auf den Tisch. »Kann ich noch einen? Der Toast ist gut!«, klebrige Marmeladenfinger griffen in den Brotkorb. »Ja, nimm nur.« Die Tür sprang auf. »Cookie!«, kreischte das Mädchen voller Begeisterung, vergaß den Toast und umarmte den hereinstürmenden Hund. Dann kam David. Er ging zum Küchentisch und lächelte. »Guten Morgen. Es tut mir leid, dass ich kein Frühstück gemacht habe. Der Sonnenaufgang war so schön, ich musste einfach raus.«

Er steckte den Autoschlüssel in seine Hosentasche. »Ich fahre euch zur Schule.« Mit Mühe öffnete er die zerbeulte Beifahrertür. Sie fuhren durch die morgenfrische Landschaft, Hügel um Hügel ein altes Bild mit Schafen und Kühen, die auf sattgrünen Wiesen unter blauestem Himmel grasten. Durch die engen Straßen, links und rechts von hohen Feldsteinmauern eingerahmt. Auf der Fahrt wurde nicht viel gesprochen. Rebecca musterte ihn vorsichtig. Die grünen Augen konzentriert auf die enge Fahrbahn, fast schwarz die Haare und eigentümlich lang. Der letzte Haarschnitt musste Monate her sein. Der Mund halb geöffnet, die Zähne weiß und die Lippen glänzten feucht. *Warum*. Erschrocken riss sie ihren Blick fort.

»Wann seid ihr fertig?«, fragte er, als sie auf den holprigen Weg zur Schule einbogen. »Um fünf«, antwortete die Deutsche. »Bis dann!« Sie nickte und sprang aus dem Auto.

Lächelnd saß David auf dem Rasen vor seinem Auto. In einer ausgefransten, ausgeblichenen Shorts, die ausgetretenen Stiefel an den Füßen.

Er wartete auf sie.

Wann hat das letzte Mal jemand auf mich gewartet? Sie wischte den Gedanken fort und setzte sich neben ihn. »Loveley afternoon, isn't it?« Sie nickte.

So saßen sie nebeneinander auf dem Hang, das Mädchen suchte vierblättrige Kleeblätter. Sie schauten auf die Landschaft, die weiten hügeligen Weiden, auf den Ort unten am Fluss, der sich glitzernd den Weg durch die Hügel bahnte. Der Duft nach Wald, nach Moos und Mandeln.

So ist es also, außerhalb der Zeit zu sein, dachte die Deutsche.

Das ist der Moment, der für immer tröstet, den alle suchen. Für sie war er auf einem Hügel neben dem Parkplatz einer Schule gekommen, das Kind vor ihren Augen, einen unbekannten verheirateten Engländer schottischer Herkunft, der wenig redete, kaputte Stiefel trug und nach Mandeln roch, neben sich.

Es gab Pizza an diesem Abend.
David machte den Teig, trocken, belegt mit Tomaten und Mozzarella. Dazu Wasser aus der Leitung. Er trug alles zu dem wackeligen Holztisch im Wohnzimmer, setzte sich ans Kopfende, die Deutsche zu seiner Rechten, das Kind links. Er sagte ein Tischgebet, sie senkten die Köpfe. Das einfache Gericht schmeckte. Als die Deutsche das sagte, schlug er die Augen nieder und lächelte.

War es wirklich so einfach? Ein trockenes Stück Pizza, ein Glas Wasser und ein gutes Wort?

Draußen wurde es dunkel.

Das Telefon. David hob ab, die Deutsche brachte das Geschirr in die Küche und wusch ab. Sarah. Sie wusste es, als sie sich an dem angestoßenen Teller schnitt. Eine Stunde schon. David saß auf dem durchgebrochenen Sofa, das in der Mitte mit einem Stapel Bücher mühsam gestützt wurde, im immer dunkler werdenden Raum. Ausdrucksloses Gesicht. Ein Bein vorgestreckt. Regungslos. Hört nur zu. Aus dem Schutz der Küche schaute die Deutsche ihn an. Dann ging sie mit dem Kind nach oben.

Frühstück. Die Teller stehen schon auf dem Tisch. Vor David die Schüssel mit Porridge. Er dampft nicht mehr, der Honig ist schon zerlaufen. Wie lange sitzt er wohl schon hier?

»Guten Morgen«, sagt sie leise. Er schaut sie an. Violettblaue Ringe unter seinen Augen. Er hört nicht auf. Sie auch nicht. Die Blicke schmerzen im ganzen Körper, doch sie kann sich nicht losreißen. Das wäre noch schlimmer. Das Kind kommt an den Tisch, beklagt sich über den Toast. Warum ist er denn hart, die Tante ist doch nicht da. Redet wie aus einer anderen Welt.

»Wir müssen los.« Warum flüstert er? Sie stehen auf und verlassen das Haus.

Der Tag. Zur Mittagszeit: Unterricht auf dem Friedhof. Die Gemeinde hat ihn zum Park erklärt, und in der Sommerhitze findet der Unterricht hier statt. Unter dem ruhigen Schatten der Friedhofsbäume. Auf den Grabplatten sitzend, an die Mauer gelehnt, scherzen und reden die Sprachschüler mit dem Lehrer, die mittelalterlichen Steine mit den verwitterten Namen sind für sie Dekoration.

Der Lehrer wedelt mit der örtlichen Zeitung und liest einen Artikel des Imkerverbandes »Friends of the Honey Bee« vor:

»Beekeepers often complain about the inhabitants of the village, because they don't cut their privet hedges. The bees collect nectar from the blossom of the privet, and as a result, the honey is spoilt. Unfortunately the blossom from the privet hedges gives the honey, at first a pleasant mendacious sweetness, but then hours later it leads to a nasty sore throat.«

Rebecca soll den Text übersetzen, doch sie ist mit den Gedanken zu weit fort, die Worte sind an ihr vorbeigerauscht. Jemand anderes hat besser zugehört und verstanden.

Warum?, denkt die Deutsche. *Erst diese Ehe, die mich so viel Kraft gekostet hat. Und jetzt das. Warum?*

Am Nachmittag sitzt David wieder auf dem Hügel vor dem Parkplatz neben der Schule. Diesmal setzt sie sich nicht zu ihm. Er steht nicht auf. Er sieht sie an.

»Geht es dir gut?« »Ja.« Gelogen.

An diesem Abend läutet das Telefon schon um neun.

Ihre Augen wandern durch ihr Schlafzimmer. Die Betten, ein Regal. Vorhänge, vorne Blumenmuster auf der Rückseite Karos. *Die waren mal teuer.* Mottenlöcher.

Die Augen fallen ihr zu, doch im Kopf hämmern Worte. Uralt. *Ich schlief, doch mein Herz war wach.*[1] Immer wieder. Die morschen Fenster sind leicht geöffnet, die leichte Brise, die nicht mehr kühlt. Draußen der Kirchturm eingehüllt in dunkle Bäume, Sterne, eigentümlich gelbblau, sie erkennt alles mit geschlossenen Augen …

Nebenan knarrt das Bett, schließlich die Dielen. Er ruft mit rauer Stimme nach dem Hund. Tür fällt ins Schloss.

Unendlich viel später; honighelle Mädchenfarben auf der Kirche, die Dielen knarren und sie schläft ein.

Frühstück. Jetzt reden sie gar nicht mehr, sehen sich nur an. Dunkle Schatten unter seinen Augen, die dadurch nur noch tiefer grün scheinen. Sein Mund, die Lippen glänzen leicht. Es tut ihr weh zu lächeln, doch er tut es auch, also kann sie gar nicht anders. Es tut so weh.

Sie geht nicht zum Unterricht, an diesem Tag. Bringt das Mädchen in die Schule und beugt sich über die Landkarte.

David schaut auf die Karte und zeigt auf eine Stadt. »Da bin ich zur Schule gegangen.« »Wirklich, in diesem Ort – da hast du mit deinen Eltern gewohnt?« »Nein, ist ein Internat.« In seine Augen mischt sich grau. »Meine Mutter hat mich dort hingebracht, als ich fünf Jahre alt war. Ich habe es gehasst.« Rebecca schaut ihn an, die Welle zieht sie hinab und sie sieht den verängstigten Jungen von damals. Sie hört sein Weinen, das Betteln und Flehen. Alles umsonst. Die Mutter geht.

Sie fühlt, wie die Fabelwesen am Schuleingang, die Dunkelheit im Schlafsaal, die Boshaftigkeiten der größeren Schüler den Jungen bedrücken und er sich in seine Phantasiewelt flüchtet.

Diese Welt ist noch in ihm. Sie sieht alles in seinen Augen. Wortlos geht er aus dem Zimmer.

Rebecca schaut auf die Karte, sie hält sie mit der Hand umkrampft. Streicht sie glatt auf dem Holztisch. Sie muss einen guten Weg nach Schweden finden. Übermorgen ist die Abreise und noch immer keine Schiffspassage. *Norwich nach Ejsberg, dann den Zug ...* sie faltet die Karte zusammen.

Er stellt ihr eine Tasse Tee hin und geht. Sie trinkt. Wartet. Er kommt nicht zurück. Sie schreibt: Ich gehe zum Fluss. Baden. Dann packt sie ihre Sachen und geht. Getroffen, denn es ist schon Mittag.

An der Kirche vorbei. Die kupferne Uhr am Turm glänzt, lügt goldene Ziffern. Auf den Gräbern liegt die Sonne. Kaum lesbare Inschriften auf den hohen Grabsteinen. Tausende Tage sind über sie hinweggezogen. Ellen, gestorben mit 97 Jahren. *Wie war dein Leben, Ellen. Hattest du das, was man braucht? Muss ich dich beneiden? Wie war dein Mann? Was hast du in seinen Augen gesehen? Oder warst du allein?* Sie erzählt Ellen von David.

Wie unsinnig, mit einem Grabstein zu reden.

Aus dem Augenwinkel sieht sie den Pfarrer kommen. Hat er sie gehört? In der Hand trägt er ein großes messingfarbenes Werkzeug. »Es ist ein schöner Tag, ist es nicht?«, spricht er sie an. Sie nickt. Vom Wetter her mochte das stimmen. Sicher würde er ihr gleich erzählen, wie selten diese Tage in England sind.

Ich bin auf dem Weg zur Turmuhr«, sagt er jedoch. »Jeden Freitag, seit über 100 Jahren wird sie aufgezogen, damit sie nicht stehen bleibt.« Er wedelt mit der glänzenden Kurbel. »Und das wäre doch schade, unser schönes Dorf ohne Zeit, wäre es nicht?« Rebecca sieht ihn an. Sie ist kurz davor, auf die Knie zu fallen. *Bitte, tue es nicht, zieh sie nicht auf, lass sie stehen bleiben, nur einen Tag, oder eine Woche, bitte schenke mir die Zeit mit David, was danach kommt, soll mir gleich sein.*

»Doch wir beide wissen ja, dass man die Zeit nicht aufhalten kann«, lacht er gutmütig. »Nicht wahr, das weißt du, meine Tochter?« *Er hat uns gesehen, in der Kirche, am Sonntag.* »Ich danke dir, dass du ihn hergebracht hast«, sagt der Pfarrer freundlich. »David war schon lange nicht mehr in meiner Kirche, ich habe mich sehr gefreut.« Sie nickt. »Du bist getauft?« Sie nickt wieder. Natürlich, sie weiß, was jetzt kommt. Kennst du das 6. Gebot, würde er fragen. Doch er fragt: »Und dein Taufspruch?« Erstaunt sieht sie ihn an. »Korinther ... 1. Korinther 13.« Der Pfarrer beginnt zu lachen. »Ja – ja, ja ...« Rebecca fragt sich, ob es in diesem Dorf überhaupt einen

Menschen gibt, der sich halbwegs normal verhält. »Aber weißt du, der Himmel kann uns nur die Chancen geben, an die wir auch glauben – und zum Glauben gehört nun einmal Mut.« *Was soll das heißen?*

Doch der Pfarrer sieht betreten auf seine Schuhspitzen, als hätte er schon zu viel gesagt. Er nickt ihr zu, und eilt zur Turmuhr.

Sie rennt zurück zum Haus. Die Zeit arbeitet gegen sie. Sie muss sich beeilen. Außer Atem läuft sie in den Garten, der Liguster zerkratzt ihre Fesseln, sie beginnen zu brennen. Auf der Wäscheleine tropfen Davids ausgefranste Shorts. Offensichtlich war er schwimmen gewesen. »Warum hast du mich nicht mitgenommen?« Wut wallt in ihr hoch. Als kleines Mädchen hatte sie diese Wut zum letzten Mal gefühlt. Ungerecht! Sie stürzt auf ihn zu, die langen braunen Haare vom hastigen Lauf verknotet, wirft ihre Sachen auf den Boden.

»Ich wollte dich mitnehmen, aber du warst schon fort«, sagt er ruhig.

Ich habe doch so lange auf dich gewartet, dass du mich abholst. Traurig senkt sie den Blick. Es ist vorbei. »Ich wäre so gern gegangen.« Die Worte kommen einfach so, sie tragen ihre Enttäuschung, offenbaren ihre Verletzlichkeit, die sie seit Jahren verborgen hatte. Gerade dreht sie sich fort. »Wir gehen noch mal«, sagt er zärtlich. Sie strahlt. »Aber der Fluss hat Gezeiten, bald ist Ebbe.«

Dunkelheit. »Möchtest du im Fluss baden, oder im Meer?«, fragt er. »Das Meer ist aber ziemlich weit weg.« Sie sieht ihn an. »Also im Meer«, er lächelt und sieht sie an. *Sieht er alles was ich denke?* Ihre Wangen färben sich.

Sie holen das Kind an der Schule ab. Es wartet schon am Hügel vor dem Parkplatz. Sucht Glücksklee. Es hat noch Verbindung zu seinen Gefühlen und Vertrauen, dass jemand kommt und es abholt.

David fährt. Er wird unruhig, er findet den Weg nicht. Nur 18 Minuten entfernt, doch sie brauchen eine ganze Stunde. Besorgt schaut er sie an, wie ein Kind, das Schelte fürchtet. Doch sie lächelt. *Wirst du oft gescholten, David? Ich weiß doch, dass du es schaffst.*

Der Fluss mündet weit und ruhig in die See. Vor der Mündung eine Landenge, vielleicht 500 Meter breit. Auf einer Seite ein Wachturm, der ideale Hafen, leicht zu schützen vor Feinden. Oben am Berg die Militärakademie.

»Die Marines sind gefährlich«, meint David. Und schaut ernst auf ein vorbeirasendes Auto, in dem er einen Marinesoldaten vermutet. »Gefährlich?« Rebecca findet das lustig.

»Mein Großvater war Admiral der englischen Flotte.« Rebecca schaut auf. »Er hatte oft Veranstaltungen dort oben in der Akademie. Ich war einmal zum Fest eingeladen. Mit einem Freund. Damals hatte ich gerade meinen ersten Roman geschrieben. Ich war 17. Mein Großvater stand mit andern Offizieren in der Galauniform auf der Terrasse. Er fragte mich, was ich mal werden wollte. Vielleicht eine Karriere in der Marine?«

Rebecca sieht die Szene vor Augen, vier oder fünf Offiziere, herausgeputzt für den festlichen Anlass, geschmückt mit glitzernden Orden. Für gewonnene Kriege, erfolgreiche Einsätze, vielleicht vernichtete Leben.

Daneben David und sein Freund. Halbe Kinder noch, mit ihren Träumen und Hoffnungen. David, mit seinen großen grünen Augen und den langen Wimpern.

Mit seinem offenen Lächeln. »Ich antwortete, dass ich Schauspieler werden möchte und Schriftsteller.«

Rebecca wagt kaum zu fragen, sie hört bereits das Lachen der alten Männer. Im Lachen klingt gutmütige Nachsicht, Boshaftigkeit, eigene Enttäuschung.

»Was hat dein Großvater gesagt?«, flüstert sie. Sein Blick ist gesenkt. Und Rebecca ist froh darüber.

David holt tief Luft und wiederholt mit rauer Stimme das Urteil seines Großvaters:

»Du bist ein Versager.«

Es ist später Nachmittag, sie müssen auf die Fähre warten, die sie über die Flußmündung an das andere Ufer bringen soll. Eine lange Autoschlange. Das Kind steigt mit dem Hund aus. Sie spielen am Ufer. Der Hund, gefährlich nah am Kai, er weiß nichts von der Gefahr. Rebecca packt ihn und schubst ihn ins Auto. »Cookie wanted to commit suicide!«, lacht sie und David lacht mit.

»Möchtest du ein Eis?«, fragt Rebecca. David lächelt: »Vanille bitte.« Rebecca geht mit dem Kind in das Geschäft.

Mit drei Eiscremehörnchen kommen sie zurück. Doch David, Hund und Auto sind fort. Die Fähre hat abgelegt.

Langsam rinnt das schmelzende Eis über ihre Hand. Warten. Sie kennt das Warten gut. Warten, dass Frank ihr mit den Einkaufstüten hilft, warten, dass er ihr das brüllende Kind mit dem verletzten Fuß abnimmt und durch das Krankenhaus trägt, warten, dass er eine Entziehungskur macht, warten, dass er seine Versprechen hält. Sie kennt das Warten so gut wie die Enttäuschung. Und eigentlich hat sie Angst davor.

Es ist so anders. Die Zeit verrinnt, doch sie ist ruhig. Wie das Kind, das vor der Schule wartet. »Er kommt gleich wieder«, sagt sie zu dem Kind. »Ich weiß doch!«, lacht die Kleine und beginnt zu spielen. Rebecca wirft das Eis in den Papierkorb. Es wird kälter.

Die Sonne steht schon tief, dann steht er vor ihr. Besorgt schaut er sie an. »Sie wollten, dass ich auf die Fähre fahre. Dann habe ich keinen Parkplatz gefunden, musste eine halbe Meile zurücklaufen. Es tut mir leid.«

Machst du immer, was sie dir sagen, David? Wie fühlst du dich dabei?

Sie sieht auf und lächelt. Sie sieht überhaupt gern in seine Augen. Dort findet sie, was sie braucht. Sie gehen auf die kleine Fähre. David zieht seine abgegriffene dünne Brieftasche aus der Hosentasche. Rebecca redet mit dem Fährmann, erzählt, sie seien am Ufer vergessen worden, ob sie wirklich noch mal zahlen müssten? Er lächelt und sagt zu David: »Ist gut, stecken Sie ein.« David schaut Rebecca an. »Das machen sie sonst nie, das ist gegen die Vorschrift«, murmelt er. *Hast du denn jemals gefragt? Wann hast du aufgegeben, um et-*

was zu bitten? Sie hört die Antwort in ihrem Kopf. *Mit fünf.*

Sie stehen an der Eisen-Reling, in der Mitte des Flusses gibt die schmale Mündung den Blick auf das Meer frei. Der Fluss, schlammig grau, geht über in ein gleißendes Blau. Blendend weiße Segeltupfen.

Fast berühren sich ihre Ellenbogen. Der Seewind zaust ihre Haare, die salzige Seeluft trägt einen Hauch Mandel zu ihr. »Hattest du einen Plan B für den Fall, dass ich nicht zurückkomme?« Er sieht sie an. »Noch ein Eis kaufen«, lächelt sie. »Gut.« *Ich wusste, du kommst zurück.*

Sie laufen weit über sauber gefegte Straßen, das andere Ufer hinauf. Die Häuschen, mit ordentlichen Vorgärten bunt bepflanzt, ängstlich in geometrischen Formen angeordnet.

An einer grünen Holztür ein Topf mit blauen Gänseblümchen. David geht darauf zu, steckt sein Gesicht hinein und bewegt es hin und her. Sofort springt das Kind herbei und macht es nach. Sie lachen. Rebecca riecht an den Blumen.

»Sie duften ja gar nicht«, meint sie enttäuscht.

Schließlich kommen sie zum Auto und fahren an die See. Vor einem großen Holzzaun bleibt David stehen. »Wir sind da.«

Sie klettern über die Zäune, Kind und Hund voraus. Über steinige Wege, überwuchert von Dornen, die David in seinen Wanderstiefeln nicht spürt, Rebecca in den Sandaletten schon. Der lange weiße Rock bleibt hängen, Fäden bleiben in den Dornbüschen zurück. Egal. Der vorletzte Tag.

Das Kind wirft Äpfel und Steine, die der Hund unermüdlich zurückbringt. Ein letzter Hügel. Das Meer, hundert Meter unter ihnen, ein weiter Blick. Nicht der Strand, den sie erwartet hatte, sondern rauer und wilder. Auf den Hängen die unvermeidlichen Schafe. Ponys.

*Wie schön wäre es, hier draußen zu über*nachten. »Must be nice to camp out here«, sagt er. Ja. Natürlich hat er denselben Gedanken, so stark ist das Band. Für einen Herzschlag ist der Wunsch wahr. David und Rebecca alleine am Meer. Das Bild verblasst.

Sie gehen den engen Pfad hinab. Die dunkelgrünen Hügel werden zu graubraunen Kieseln, die feucht am Steinstrand glänzen. Welle auf Welle auf Welle, Davids Blick verliert sich im Meer, seine Augen spiegeln grau, blau, azur.

David zieht Cordhose, Tweed-Pullover und T-Shirt aus und rennt am Strand entlang, weit fort. Rebecca und das Mädchen haben Zeit, sich umzuziehen. Sie rennt ins Wasser, es ist eiskalt und heilt die Krankheit für einige Minuten. Die Muskeln ziehen sich in der Kälte zusammen, Füße beginnen zu schmerzen, lange hält es keiner aus. Doch zurück am Strand läuft eine Erfrischung durch den Körper. Lachend ziehen Sie sich um – als Rebecca den Bikini aufmacht, dreht sich David hastig um, zieht die Cordhose über seine feuchten Shorts. Umständlich versucht sie, die Knöpfe an der Rückseite ihrer zarten weißen Bluse zu schließen. Den nassen leuchtend roten Bikini hält sie dabei in der Hand, die Knöpfe am Nacken dauern am längsten. Das Salzwasser läuft in kleinen Bächen herab, bis die Bluse nass an ihrem Rücken klebt.

Sie fühlt seinen Blick.

Als sie sich umdreht, starrt er in ihre Augen.

»Essen?«, fragt er rau und deutet auf seinen Rucksack. Rebecca denkt an den harten Toast und die bräunlichen Bananen. Ihr ist kalt. »Ich lade dich in ein Restaurant ein – wenn ich einen Versuch mit dir machen darf«, sagt sie und lächelt zu ihm hoch.

»Okay«, lächelt er zurück. »Gib mir deine Tasche, sie ist zu schwer für dich.« Überrascht sieht Rebecca ihn an. Sie kennt das nicht. Unterstützung. Aufmerksamkeit. Doch ... vor langer Zeit, als kleines Mädchen, da hatte ihr Vater oft so etwas zu ihr gesagt, bevor er dann starb.

Schlagartig wird ihr klar, wie groß ihre Sehnsucht danach ist.

»Warum sagst du das?«, flüstert sie. »I love to take care of you both«, David sieht sie ernst an.

In diesem Moment öffnet sich Rebeccas Herz.

Für einen Sekundenbruchteil denkt sie an Sarah. Und weiß, dass es diese Worte sind, die sie am meisten treffen würden. Mehr als alles andere.

Sie gehen zurück, über den Hügel, durch eine Schafherde, klettern über einen Zaun. Sie vermutet, dass er sich ein Restaurant nicht leisten kann. Wie viel Geld mochte in seiner abgegriffenen Brieftasche sein? Fünf Pfund? Einige Pence?

Sie steigen ins Auto.

»Worum geht es bei diesem Versuch?«, fragt er. »Es geht um etwas, was man mit einem Engländer nie machen darf, meint jedenfalls meine Lehrerin«, antwortete sie. Nervös rutscht David auf dem Autositz hin und her.

»Sag es mir, ich bin auch Schauspieler, ich muss alles ausprobieren.«

»Nein«, sagt die Deutsche. »Nicht jetzt.«

Sie kommen in der Hafenstadt an. Bunt leuchten die Reklametafeln in den Pubs. David sucht eine einfache Gaststätte aus. Sie gehen in den ersten Stock, Holzstühle und ein Tisch mit Blick auf eine normannische Kirche. Auch sie gebaut aus den grauen Feldsteinen und dem roten Sandstein der Umgebung, mit einem viereckigen Turm, gekrönt von vier hochaufragenden Pfosten. Auf dem Turm im Abenddunkel eine weiße Flagge mit rotem Kreuz. »Was ist das für eine Fahne?«, fragt sie. »Das ist das Sankt-Georgs-Kreuz, das ist dieser Ritter, der einen Drachen erlegt hat«, antwortet er, abgelenkt. »Und der Versuch?«, wieder rutscht er auf dem Stuhl hin und her. »Wein?«, fragte die Bedienung. »Danke, ich trinke nicht«, antwortet David. Rebecca bestellt ein kleines Glas. Dann kommt das Essen, Fisch für die Frau, Nudeln für das Kind, vegetarisches Chili für David. In Minutenschnelle hat er aufgegessen, mit dem Brotrest wischt er sorgsam die Schüssel aus. Nachschmeckend fährt er sich mit der Zunge über die Lippen und die milchweißen Zähne. Wie ein Welpe, Rebecca fühlt Mitleid. *Musst du hungern? Könnt ihr es euch nicht leis-*

ten? Oder darfst du dich nicht satt essen, so wie deine Familie dir verbietet zu singen und zu beten?
Ein absurder Gedanke. Aber sie hat gelernt, dass manchmal die absurdesten Gedanken die Wahrheit sind. »Noch etwas Wein?«, fragt die Bedienung. »Nein, danke«, antworten beide gleichzeitig. Und David fügt murmelnd hinzu: »I don't do drugs anymore.«

Das war es also.

Rebecca sieht die Bilder. David, glücklich, mit seinen Schauspielerkollegen auf der Bühne, lachend, stark, im Glas leuchtet der Wein, nur etwas von diesem weißen Pulver und er ist mutig. Sein Theaterstück – ein Erfolg! Er sucht die Hauptdarstellerin aus, die seine Königin spielen darf, sie ist so schön, sie bewundert ihn. Das Stück ein Triumph, noch etwas von dem Pulver und er vergisst die strenge Sarah endlich, die einsamen Nächte im Internat und seine Angst, nicht zu genügen. Die Nächte sind warm mit seiner Königin, nur mit dem schmalen rotgoldenen Reif auf ihren langen Haaren, lächelnd und weich in seinen Armen. Sie vertraut seinem Wort.

Dann die Zeitungen, alles wissen sie und das Foto, wie Sarah ihn im Rollstuhl aus der Klinik fährt, das Bein in Gips. »King of fools – Family sticks with drug addicted artist.«

Seine Worte reißen sie aus den Bildern.

»Worum geht es denn nun in deinem Test?«, fragt er aufmerksam. Sie lächelt. Vielleicht war ja auch alles anders. Damals.

Sie senkt den Blick. »Nur wenn du versprichst, uns nicht schockiert sitzenzulassen«, sagte sie. »Und du wirst auch nicht böse sein?« Nachdem sie diese Diskussion minutenlang fortgesetzt haben, geht Rebecca auf ihn zu. »Steh auf!«, sagt sie. Er gehorcht. Der Geruch nach Mandeln, nach dem Salzwasser der See wird stärker. Dann macht sie diesen einen Schritt und umarmt ihn vorsichtig. Er ist größer, als sie gedacht hatte, und sie fühlt die glatten Muskeln unter dem grünen Tweed-Pullover. Er regt sich nicht. Wie erstarrt bleibt er stehen.

»Wie fühlst du dich?«, fragt sie und überlegt, wie lange es wohl her war, dass eine ihn umarmt hatte. Bei ihr waren es Jahre.

»Verwirrt«, antwortet er schließlich. »Also stimmt es, was meine Englischlehrerin gesagt hat, dass Engländer Umarmungen nicht mögen?«

»Ich war bloß verwirrt, weil du die Erwartungen so hoch gepeitscht hast«, meint er, doch seine Stimme ist rau und die Augen tiefer grün, sie sieht die Halsschlagader pulsieren. Er steht reglos.

Auf dem Rückweg fährt er schneller als

sonst. Die Nacht auf den engen Landstraßen ist dunkel, doch diesmal findet er den Weg sofort. Rebecca bedauert das. Sie fährt so gern mit ihm und fühlt sich sicher. Die Spannung ist qualvoll, aber sie fühlt sich lebendig. Wie unter Drogen.

Angekommen. Ohne Umwege. Nur 18 Minuten. Sie weckt ihr Kind, schickt es zu Bett, der Hund verschwindet im Körbchen. Das Blut schmerzt. Sie stehen in der Küche. David kommt zu ihr. Die Dielen knarren unter seinen Schritten. Der Duft von Mandeln, Moos und Wald ist schon bei ihr, er breitet die Arme aus und zieht sie zu sich heran. Sie fühlt seine schweren Arme, die Wärme seiner Brust und das getrocknete Salzwasser in seinen Haaren.

Er geht vorsichtig einen Schritt zurück. »Das war das Beste, was ich konnte«, flüstert er. »Es ist gut«, flüstert sie zurück.

Das Telefon so laut.

Die Schule ist aus und David sitzt wie immer auf dem Hügel neben dem Parkplatz. Sie rennt ihm entgegen und auch das Mädchen rennt mit fliegenden Zöpfen und plappert begeistert deutsch-englische Wortkombinationen, die keinen Sinn ergeben.

David lacht.

»Kommt nach Hause, ich habe eine Überraschung für euch!« »Welche, welche?« »Wir machen einen Ausflug mit dem Boot!«

Lachend fahren sie nach Hause, David hat einen Rucksack mit einem Picknick dabei, Kind und Hund springen voraus. Kein Mensch außer ihnen auf dem Weg, niemand sonst am Fluss.

David reißt sich den dunkelgrünen Tweed-Pullover und das weiße T-Shirt vom Oberkörper, Cordhose und Wanderstiefel liegen im Sand, er läuft lachend in seiner ausgefransten Shorts in das Wasser. Rebecca und das Kind spielen mit dem Hund am Strand. Stöckchen werfen. Sonnenstrahlen glitzern auf den Wellen, das Wasser schmeckt schon salzig, wie das nahe Meer. David legt sich in den Sand. Das Mädchen zeigt lachend auf seine Haare.

»Feather!« Eine weiße Schwanenfeder klebt in den dunklen Locken, David reißt sie entsetzt ab, zertritt sie im Sand. Sein Gesicht verzerrt vor Angst und Scham, er springt ins Wasser, schwimmt auf die andere Seite des Flusses. Sie sieht ihn, wie er in der ausgefransten Shorts den Berg hinaufrennt und hinter der Kuppe verschwindet.

Ausruhen. Sie legt sich auf das Handtuch am Flussufer. Beine und Arme von sich gestreckt, wie sie es auf einer Zeichnung von Leonardo da Vinci gesehen hat. Sonst liegt sie immer auf dem Bauch oder zumindest auf der Seite. Aber hier geht das. Die Wolken bringen eine Botschaft mit. Sie lächelt. Auf der anderen Seite des Ufers sieht sie David. Er sitzt oben auf dem Berg im Gras und schaut herüber.

Erfrischend das Bad im Fluss. David ist inzwischen zurückgeschwommen und hat sich an den Strand gelegt. Zwischen sie, neben seinen Kopf hat er den großen Rucksack gestellt. Er kann sie nicht sehen. Er ist eingeschlafen. Rebecca schiebt den Rucksack vorsichtig beiseite. Schaut ihn endlich lange an, so wie sie will. Aus seinen schulterlangen Haaren rinnen noch immer einzelne Wassertropfen. Manche kristallisieren noch in den Haaren zu Salz. Seine langen Wimpern werfen keine Schatten. Der Mund ist fest geschlossen, der Atem regelmäßig. Die Haut ist blass für diese Jahreszeit. Er ist attraktiv. 1 Meter 83 vielleicht. Wie Frank. Rebecca fühlt die Kälte wieder, mitten in der Sommersonne beginnt sie zu zittern. So viel hatte sie Frank verziehen, auch er war attraktiv. Damals. Als sie die Lügen und Schwächen nicht mehr übersehen konnte, und die Sucht seine Attraktivität genommen hatte, musste sie zahlen.

Und David?

Ihr tiefer, fast unhörbarer Seufzer weckt ihn. Er blinzelt und lächelt, milchweiß wie immer. Der dunkle Traum zieht vorüber.

»Schnell, die Ebbe kommt bald«, ruft David und zerrt ein Boot aus den Büschen hervor. Erst lässt er Frau und Kind einsteigen, dann stößt er es kräftig vom Ufer ab. *I love to take care of you.* »Darf ich rudern?«, fragt Rebecca und beginnt.

»Ich war nämlich mal in einem Verein. Da war ich 16. Für einen Pokal musste man 800 Kilometer rudern. Aber am Ende des Jahres hatte ich nur 770. Viele schummelten sich einfach einige Kilometer ins Fahrtenbuch dazu. Ich wollte die Trophäe so sehr. Was denkst du, was ich getan habe?« »You cheated, I can read your smile.« »Nein«, sagt sie. »Aber ich bereue es bis heute.« »Ich bin stolz auf dich, dass du nicht betrogen hast.« Er sieht sie an.

Sie kommen nicht voran und so setzt sich David neben sie. Jetzt dreht sich das Boot in Kreisen, denn David hat viel mehr Kraft. »Du ruderst uns in Kreisen!«, ruft sie lachend. »Nein«, ruft er und rudert noch stärker. Sie kreiseln den Fluss hinunter, lachend. »Weißt du, was ein Narrenschiff ist?«, fragt sie. »Ship of fools, früher wurden merkwürdige Leute vom Dorf auf einem Schiff ausgesetzt und den Fluss hinabgeschickt.« *Sie mussten nicht zurückkehren. Wir schon.*

Sie fühlte Davids Muskeln arbeiten, die Bank ist so schmal, das sie Schulter an Schulter sitzen, seine dünnen Beine mit den dunklen Haaren, Wollsocken, die abgetragenen Wanderstiefel in der Sommerhitze. Mandelduft. Die Ebbe hat eingesetzt und die Fische drängen sich um das Boot. Rebecca dreht den Kopf zu den Hängen, über die die Sommerwolken hinwegfliegen, und bindet die zerzausten Haare fester über dem Kopf zusammen. Sie fühlt seinen Atem in ihrem Nacken. Genau an der Stelle, an der sie gestern ihre Bluse geschlossen hatte. Drei Atemzüge. Sie wendet sich ihm zu. Sturmfarbene Augen.

Das Kind beginnt zu singen, dann David: »Row, row, row your boat gently down the stream, merrily, merrily, merrily, merrily, life is but a dream.«

Auf den Hügeln neben dem Fluss blöken die Schafe. »Ruhe, ich möchte die Schafsmusik hören«, ruft Rebecca – doch es ist still geworden. »Bääh, bääääääh«, macht David hingebungsvoll und das Kind macht begeistert mit.

Vielleicht ist er auch wirklich ein Narr, Rebecca ist sich nicht mehr sicher.

»Was hätten englische Gentlemen getan, die vor 200 Jahren mit ihren Damen hier langgerudert sind?«, fragt sie.

Rebecca setzt sich bequem in das Heck. David rudert allein und sagte Sonette auf. Gedichte. Sie versteht sie kaum, denn sie sind in altem Englisch verfasst. Aber sie fühlt die Bedeutung. Sie denkt an das Lied, das der Harfenspieler am Brunnen des kleinen Ortes heute für sie gesungen hatte. Nur ein Pfund hatte sie zahlen müssen. Greensleeves. Noch bevor der Gedanke weiterzieht, hört sie David dieses Lied singen. Sie fahren den Fluss hinunter, jenseits der Zeit.

Zurück zu rudern ist ein Problem. Die Ebbe kommt. Der Fluss ist kaum mehr als ein Bach. Die Strömung zieht sie zur Flussmündung. David rudert konzentriert. Es ist schon spät, als sie ans Ufer gelangen, er springt vom Boot, zieht es durch den Schlick. Rebecca, die aufgestanden ist, fällt zurück auf die Bank. »Sorry!«, lacht er. Er muss stärker sein, als es den Anschein hat. Allein zieht er das Boot hinauf in die Böschung. Sie gehen den alten Weg entlang.

Das Kind springt voraus, der Hund kreuz

und quer, den grünen Äpfeln, die das Kind wirft, hinterherjagend. Der Wald duftet frisch nach Sommerabend. »Wir haben sonst nicht so schöne Sommer«, sagt David, »meist regnet es mehr.« Brombeerranken greifen nach ihren Fesseln, hinterlassen blutige Male. Plötzlich ist David verschwunden. Rebecca hat sich bereits daran gewöhnt. Er kommt zurück, sagt sie sich. Tatsächlich: Lächelnd läuft er auf sie zu, einen unbeholfenen Blumenkranz hat er dabei und setzt ihn auf ihr Haar. Rebecca ist glücklich. Sie nimmt einen langen Zweig und setzt sich auf den Ast eines alten Baumes.

»David! Komm her!«, ruft sie. David dreht sich um, kommt lachend auf sie zu.

»Was ist?!«

»Knie nieder!« David beugt ein Knie und senkt den Kopf. In Sekundenschnelle spielt er den perfekten Ritter. »David, Wir erklären Euch hiermit zu Unserem Ritter.« Rebecca berührt mit dem Ast seine Schultern. »Werdet Ihr Uns treu dienen, aufrichtig sein und Uns vor allem Bösen beschützen?«

»Das werde ich.«

Er sieht ihr fest in die Augen.

Sie sind zu Hause. Zu Tisch, ein Gebet, David macht noch einen Kuchen. Kind und Hund sitzen vor dem Fernseher. Rebecca räumt vorsichtig ab, die tückischen Teller schneiden sie heute nicht. David hat ein Buch geholt, bringt zwei Tassen Tee und setzt sich auf die Terrasse. Hinter den Blättern die Kirchturmspitze, grau vor dem dunkler werdenden Himmel. »Kennst du den Schriftsteller William Blake?«, er lächelt. »Nein«, sie schaut ihn an. »Manchmal saß er unbekleidet mit seiner Frau im Garten und arbeitete. Die Nachbarn fanden das seltsam.«

Warum sagst du das? Sie muss lächeln.

»Mache es dir bequem, ich lese dir ein Gedicht vor.« Und ernsthaft beginnt er:

»To the evening star, by William Blake.«

Er spricht leise, jedes Wort eine kleine Süßigkeit. Es ist so wunderschön. Sie zeigt zum Himmel. Hinter der Kirche ist der erste Stern aufgegangen. »Der Abendstern.« David sieht sie an. »Das ist Venus.« Sie schaut zu Boden, in das Unkraut, das zwischen den Terrassenstufen wuchert. Sie weiß nicht, ob sie das glauben soll.

Sie geht, ohne gute Nacht zu wünschen.

Kind und Hund sind vor dem Fernseher eingeschlafen. Sie breitet eine Decke über sie.

Rebecca trägt noch immer den Blumenkranz im Haar. Blütenblätter fallen auf ihr Kopfkissen.

Die Dielen knarren.

Der Duft von Mandeln, Moos und Wald umhüllt sie. Warm fließt Honig in ihren Mund. Schwer fühlt sie sein Gewicht auf ihrem Körper.

Gerettet.

Sie sitzt in der alten Kirche neben der Schule. Bunte Glasmosaike in den Fenstern, natürlich St. Georg, der den Drachen mit seiner Lanze erlegt. Mitten ins Herz. Das arme Tier.

Sind Minuten vergangen oder Stunden? Oder Jahrhunderte? Oder Sekunden? Metallischer Geschmack. Hängende Schultern. Ihr Hals schmerzt. Der Kopf. Alles. Ein Pfarrer kommt vorbei. Sieht über die Schulter zu ihr zurück. Sie strafft sich. Er kann mir nicht helfen. Niemand kann mir helfen. So kalt. Niemand.

David steht auf dem Hügel neben dem Parkplatz vor der Schule. Sonnenhitze steigt aus dem verdorrten Gras. »Ich will nicht nach Deutschland, ich will bei Cookie bleiben«, nörgelt das Kind. »Aber Katia, alle Freunde warten schon auf dich. Ich freue mich auch schon auf zu Hause.« *Du sollst nicht lügen.* Das Kind weint fast.

David nimmt sie in die Arme. Mandel, Wald, Moos fließen in sie hinein, machen sie leicht. »Die Gäste kommen bald«, sagt er. Ja. Sarahs Gäste. Schweigend fahren sie nach Hause.

Mit jeder Minute wachsen die Schmerzen. Endlich aussteigen.

»Cookie!« Kind ist glücklich.

Warten. David setzt sich in seinen Sessel in der Ecke, nimmt ein Buch. Er steht in der Ecke, weil ein Bein abgefallen ist, so wird er abgestützt. *Er muss noch recht jung sein, wenn er ohne Brille lesen kann.* Die Stehlampe scheint auf seine dunklen Locken. Sie glänzen. Sie sitzt auf dem Sofa, sie soll noch aus dem Goethe-Buch vorlesen. »Mein Ruh ist hin, mein Herz ist schwer …²« *Alles schon einmal gesagt, also, warum so viel Aufregung um eine alltäglich Sache.* Der Hund bellt. Sie springen auf. Rebecca rennt nach oben. Sie kann das nicht.

»Oh no, she is gone …«, hört sie von unten.

Es dauert Stunden. Lange denkt sie nach. Blick starr gegen die Wand. *Irgendetwas fehlt …* Schließlich kommt sie darauf. Die Blüten auf dem Kopfkissen sind fort. Weggeräumt. Dann kommt das Kind »Mama, es gibt Essen.« »Ich komme.« Rebecca hat sich umgezogen. Langen weißen Rock, die zarte weiße Bluse mit den Knöpfen am Nacken. Haare hochgesteckt.

Sie geht nach unten. Dort sind Sarahs

Freunde, ein Ehepaar mit Kind und Großmutter. Guten Tag. Höflichkeiten. Die Frau lacht unecht: »David, nein, wir kochen das Essen, du hast dir ja schon so viel Mühe gemacht, eingekauft, Tisch gedeckt, sogar die Betten bezogen, das war doch nicht nötig, vielen Dank. Wir wollten anrufen, dass wir später kommen, aber euer Telefon funktioniert ja nicht, wie schade, dass Sarah nicht da ist, sie kommt dann morgen, ja?«

Das Ehepaar kocht das Essen, irgendetwas, Konversation bei Tisch. Er sitzt ihr gegenüber. Oma Muriel mustert Rebecca in ihrer weißen Kleidung durch die dicke Brille. »Es gibt eine Hochzeitsausstellung in London. Die schönsten Brautkleider aus der viktorianischen Epoche. Das ist interessant, ist es nicht?« Keine Antwort. *So leicht kriegt ihr mich nicht.* »Mama, niemand hier möchte heiraten«, sagt die Ehefrau. Doch Muriel lässt nicht locker: »David hat im Dezember Geburtstag. Was würden Sie ihm raten, wo er feiern soll?« Rebecca lächelt. *Denkt ihr ich bin dumm? Glaubt ihr wirklich, ich bitte ihn, nach Deutschland zu kommen?* Sie antwortet: »Ich würde sagen, es ist SEIN Geburtstag, also sollte er auch machen, was

ER möchte.« »Du feierst doch sicher mit deinen Freunden«, brummt der Ehemann grinsend. *Mit den Säufern,* Rebecca denkt an Blairs Lächeln. Stille. Dann erzählt David über seinen neuen Roman, den er schreibt. *Seit Jahren,* denkt Rebecca. *Schafft Sarah das Geld heran?* Sie fühlt die Abendsonne auf ihrem Gesicht. Ihre Lippen glänzen. David schaut sie an. *Ich darf jetzt nicht aufsehen, in deine Augen, sonst kann ich das nie vergesssen.* Das Kind benimmt sich unmöglich, es springt auf, läuft zum Hund, manscht mit dem trockenen Merengue-Baiser, der Erdbeeren mit Erdbeermarmelade krönt. »Bitte lass das«, sagt Rebecca vergeblich.

»Ich möchte in einen englischen Pub, am letzten Abend.« Sie sieht ihn an. In der Küche wird die Diskussion fortgesetzt. »Nein, ihr geht mit Rebecca, ihr seid die Gäste.« So. Rebecca wird nervös, wieder ein Schnitt von diesen widerlichen Tellern, man sollte sie alle kaputt schlagen. »Ich möchte mein Gedicht über den Abendstern, ich habe ein Anrecht darauf«, sie sieht David fordernd an. Ihre Augen flehen. Bitte! David! »Heute Abend gibt es keine Sterne«, sagt er nachsichtig lachend und schaut aus dem Küchenfenster zum Himmel hinauf. Rebecca wird kalt. *Du kannst ja gar nichts sehen, das Fenster ist viel zu schmutzig! Lügner!* Man streitet, wer mit dem deutschen Gast in den Pub gehen darf. »Jetzt bist du Zeugin eines typisch englischen Streites«, ruft David lächelnd. »Jeder möchte dem anderen das Vergnügen gönnen.« *David, du bist ein guter Schauspieler. Brilliant.* Man einigt sich, dass die Gäste mit Rebecca in den Pub gehen, David sieht mit den Kindern fern. Sie schaut ihn an und senkt besiegt den Blick.

Im Pub gezwungene Gespräche. »David ist ein netter Kerl«, brummt der Ehemann. Die Ehefrau: »Wir haben uns auf einem Campingplatz getroffen, als Sarah und ich schwanger waren.« *Und? Das ist Jahre her. Ob sie noch miteinander schlafen. Kaum vorstellbar.* Rebecca erinnert sich, wie David ihr erzählt hat, dass seine Schwägerin ihn rügte, weil sie beobachtet hatte, dass er es vermeidet, neben Sarah zu sitzen oder sie zu berühren. *Warum hat er mir das erzählt?*

Die zweite Runde zahlt Rebecca, klagt dann über Magenschmerzen und bittet um Nachsicht. Sie geht aus dem Pub, rennt zu dem Haus. Öffnet die Tür, reißt den Vorhang zurück, der das Wohnzimmer abtrennt. »Komm, wir gehen!«, ruft sie dem Kind zu. »Gute Nacht, Norman«, zum Sohn der Gäste. Ein ewiger Blick zu David, der erstarrt auf dem Sofa sitzt. Das Mädchen springt auf. »Good night.«, sagt der Junge leise. Sie hofft, dass David ihr nachkommt, so kann er sie doch nicht gehen lassen, ihr Körper brennt, es ist so kalt, unten hört sie Stimmen ... *David!*

Kein Frühstück. Mit violetten Ringen unter den Augen sieht er sie an. »Ich habe schlecht geträumt, ich war auf einer Fähre in der Mitte des Flusses und wusste nicht, in welche Richtung ich fahren sollte«, sagt er. Sie blickt ihn an. *Ich werde dir nicht helfen. If you love something, set it free. If it comes back, it's yours.*

If it does not, it never was.

Sie lächelt Muriel an – die hat Sightseeing-Tipps für London auf eine Karte geschrieben und sie hofft, es ginge Rebecca jetzt besser. Rebecca lächelt immer noch. Sie sollen es nicht sehen. Das Kind wirft die Tasse mit den blauen Punkten vom Tisch.

David reißt ein Glas Honig aus dem Schrank. »Hier, für dich.« Devon Honey. Sie sagt »Danke« und zieht eine Augenbraue hoch. Er schaut weg. Er fährt sie zum Busbahnhof. Sie sind die einzigen Passagiere. Keine Worte. Das Gepäck ist schon im Bus. »Wollen wir in Verbindung bleiben?«, fragt er. »Ich gebe dir meine E-Mail-Adresse.« *So leicht mache ich es dir nicht.* »Ich habe keinen Stift.« David rennt verzweifelt zum Busfahrer und kommt mit einem Stift zurück.

Er schreibt, sie hilft ihm mit den deutschen

Worten. Er umarmt sie, küsst ihre Schultern, erst rechts, dann links. »Du bist gut geworden im Umarmen«, lächelt sie. *Es tut so weh.* Glasscherben rasen durch ihre Adern. »Braveheart.«

Sie steigen ein. Das Mädchen weint: »Cookie!« Aus dem Fenster sieht sie, wie er in das zerbeulte Auto springt. Er fährt sehr schnell.

Quellenangaben:

[1] S.31 »Ich schlief, doch mein Herz war wach ...«
Bibel, Hohelied 5.2

[2] S.62 »Mein Ruh ist hin, mein Herz ist schwer«
Johan Wolfgang von Goethe, »Faust, eine Tragödie«, Reclam Verlag 1971